CHUANGYI YINGXIAO · SHOUHUI POP

创意营销·手绘pop

电子
DIANZI

主编
陆红阳　喻湘龙
编著
陈　晨　巩姝姗
亢　琳

广西美术出版社

目录

手绘 pop 是近年来风行全国的一种广告形式，以其制作简单、方便、快捷，形式新颖活泼，成本低廉等诸多优点越来越受到广大商家及消费者的重视和喜爱。

pop 即 "point of purchase"，可译成 "购买点的海报"。它是现今流行的一种广告媒体。pop 起源于美国，由于一战后全球经济普遍萧条不振，市场买气也因此低靡，广告费用成为厂家及卖方的极大负担，再加上美国超市如雨后春笋般地兴起，因此在经济需要迅速复苏的情况下，pop 广告逐渐地攻占其他媒体。如今我国市场经济的飞速发展，pop 这一现代广告的营销方式以其制作方便快捷、成本低廉、形式灵活多变等优点逐渐被商家接受、喜爱和广泛使用。目前，pop 已成为商家促销产品必不可少的手段之一。

随着科技的发展和数码产品的普及，数码类产品的 pop 也在各卖场得到普遍运用。一向保守的 IBM 公司，在推出的 "魔幻箱" 广告中，也开始使用手绘风格的 pop。可见，数码类产品 pop 已作为 pop 广告的一大种类走向人们的生活。本书主要向读者介绍数码类产品的 pop 广告，并精选三百多幅手绘作品以供参考。

数码类产品的手绘 pop 针对其宣传对象的特殊性，应体现其科技性、数字化、功能性特征。同其他类型产品相比，此类产品的 pop 风格应略显稳重、严谨。在广告宣传方面，应主要以产品的品牌、名称、价格及产品的功能特征为诉求点，这是数码类产品引起消费者购买欲的主要方面。色彩运用方面，这类 pop 广告也应该简洁明快，应用大面积的色块辅助文字内容，产生好的视觉效果，吸引顾客的眼球。图形运用方面，首先要注意所选图形与广告主题内容贴切，数码类产品手绘 pop 插图也可采用剪贴形式，精美、逼真的剪贴画不仅能准确传达产品信息，还能产生多种视觉效果。其他辅助图形多运用抽象造型，点、线、面等几何元素的结合运用也给画面带来科技感。

pop 是一种 "生活化的艺术"，为此，我们选用的作品表现形式、风格各异，内容贴近我们日常生活，希望能让读者了解手绘 pop 广告，从书中获得更多的灵感，使它们真正成为您的帮手，助您成为一位 pop 广告高人。

电子产品

音乐

POP

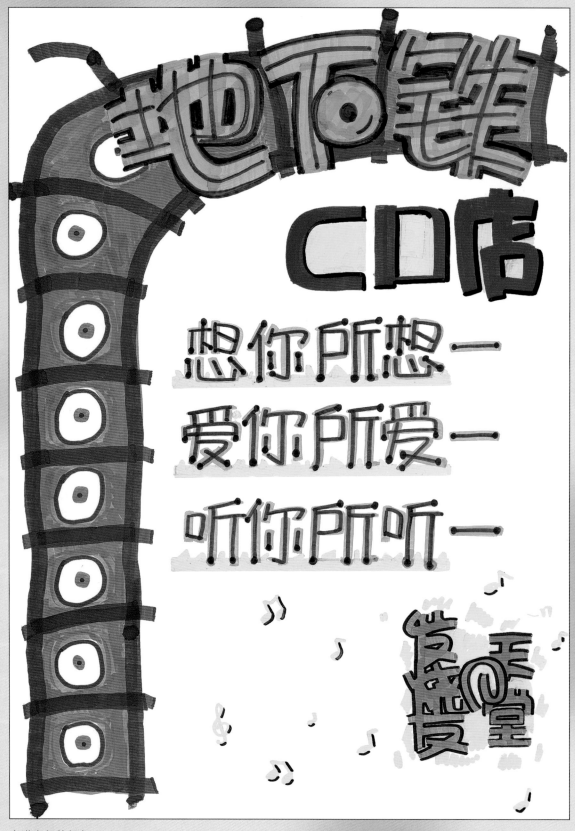

充满童趣的想象。

简洁明了的文字让人一目了然。

"哗"得好醒目。

主题好鲜明。

动感POP，舍我其谁？

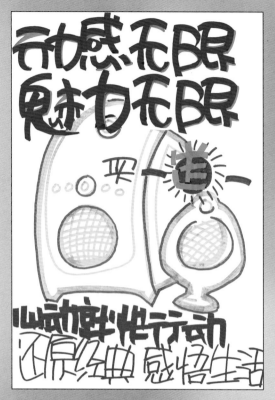

弧线造型，时尚潮流。

富有创意的构图。

好独特的数字标题。

连娃娃也抵抗不住的诱惑……

一目了然的版式。

活泼的表现让海报加分。

用酷酷的年轻乐迷的形象，表现音响的时尚追求。

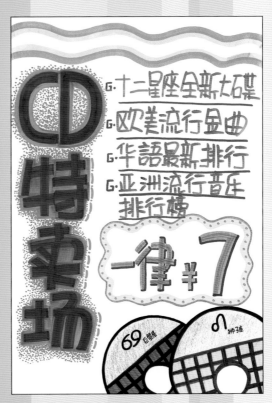

主题明确，内容丰富。

价格的数字非常鲜明突出，引人注意。

有新意的版式。

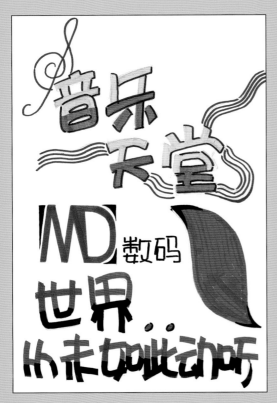

流动的韵律是我的特色。

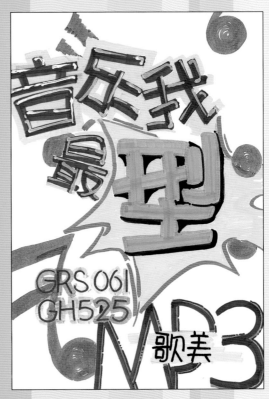

强力震撼，不怕你不看。

田园小唱，温馨动人。

活泼的版式。

卖的就是"苹果"。

眼前一亮的字体。

波浪般的线条有如音乐的旋律。

竖式构图很新颖。

剪贴也是创意哦!

丰富的色彩，强烈的视觉感受。

醒目的促销POP。

朴拙的表现方法同样引人注意。

自创卡通图形，效果也不错。

音乐在画中流动。

浅黄和淡绿两色块的运用，使画面感觉颜色十分丰富。

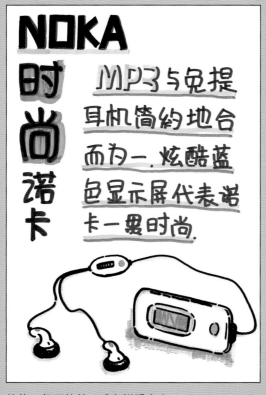

简约，但不简单。重点鲜明突出。

一级棒的色彩组合。

劲歌热舞的小猫好可爱。

我用歌声打动你……

真功夫，真产品。

闪电形的装饰引起你的注意。

鲜明的标题。

虫子与音响的组合?

时尚外形，简洁明了。

大胆的用色与构图。

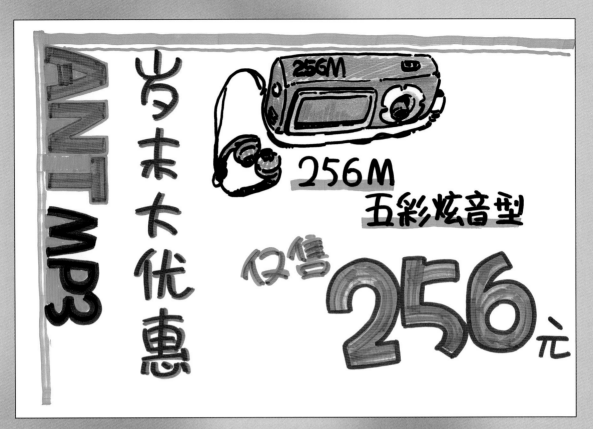

吸引你的注意，价格是关键！

动感卡通形象，让你赶快来买哦！

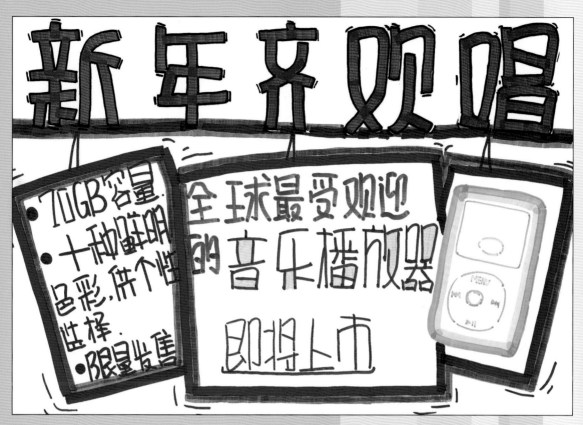

别具一格的宣传方式。

图形结合产品，不错的想法。

轰轰烈烈来促销。

用大量线条表现时尚快节奏。

好有冲击力的文字效果。

有特色的POP字体突出主题。

轻松幽默的好作品。

能把字体和图形这样排列真是高手呀!

电子产品

影像

PUP

漂亮的字体和构图，让人过目不忘。

用有趣的头像吸引你。

简单明了的POP。

在文字中寻求变化使得画面丰富。

实物让POP更具可信度。

传统的表现方式。

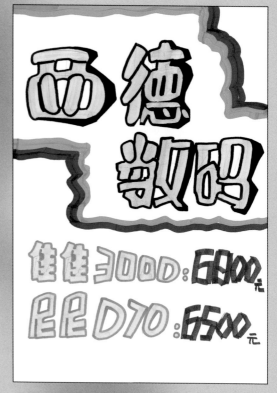

信奉简洁。

基本要素齐全的POP。

像儿童般幼稚的字体和图画带来意想不到的效果。

滑板小丑给画面整体增色不少。

实物+文字，POP速成两大基本元素。

傻傻的猫让人一看就喜欢。

紫色运用得很好。

吸引你的注意力，价格是不可忽略的。

油画棒和记号笔相结合，可以画出很多不错的效果。

图形变得挺有意思。

恰到好处的图片和文字。

大胆的用色和构图。

拟人化的表现，十分恰当的构图。

热烈而与众不同的作品。

标题字体有创意。

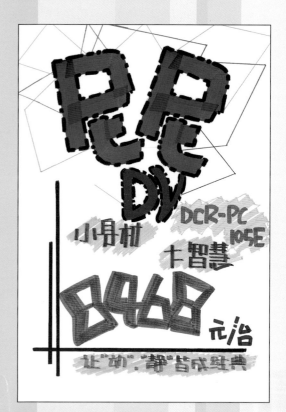

吸引眼球用的是个性标题。

颇具心思的构图，绘画也很不错。

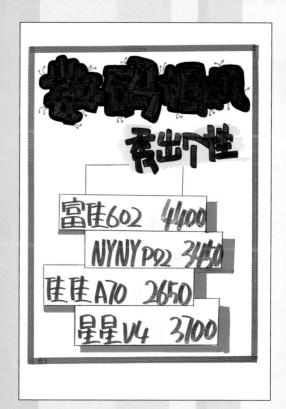

菜单式表现法。

夏天的颜色，热情洋溢。

不花哨但耐人寻味。

有促销的热闹气氛。

生动的好作品。

漂亮的妹妹快来咔咔吧。

猴孩好酷哦!

时间就是金钱,快来吧。

尽情感受,魅力无限。

心动不如行动吧!

让你全家惊喜不断。

阳光无限，物美价廉。

广角镜真精彩。

电子产品

办公

PLP

典型的校园POP，够"稚气"。

像猫头鹰的尖爪刻个不停。

图与文字尽在眼前。

抢眼的字体，生动明了。

可爱的宝宝，快来哦!

图文并进，显现个性。

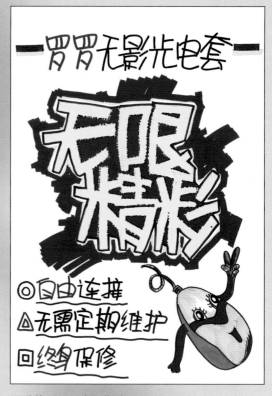

可爱的mouse迷死你哦!

"四人帮"尽显个性。

爆炸啦，尽快来抢吧!

抽不完的油水。

抢个不停。

好饿哦，快行动吧！

笑口常开。

相信我的力量吧!

魅力无限。

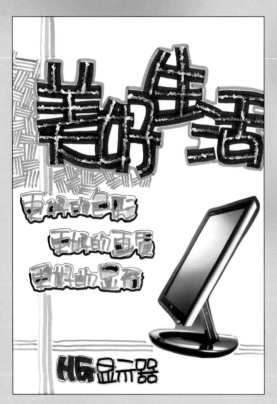

尽显美好图像。

一步一个脚印走出个性来。

永无止境，不停旋转。

让大家一目了然。

与众不同的爆炸。

抓紧时间快来。

很有特色的数字文字尽显功能。

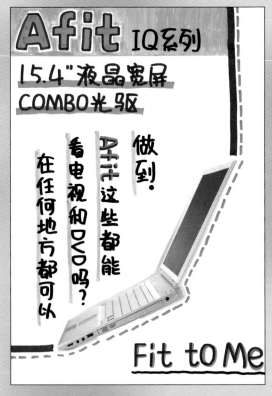

醒目的字体尽显特色。

看我的模样还不快来。

实物＋字体，POP速成个性。

好学的小孩不同凡响。

很有特色的电脑形象尽显眼中。

色彩丰富，随意大方。

简洁大方的设计。

神气的小马尽显高人一筹的气质。

幽默卡通的作品。

特色的卡通文字使人动心。

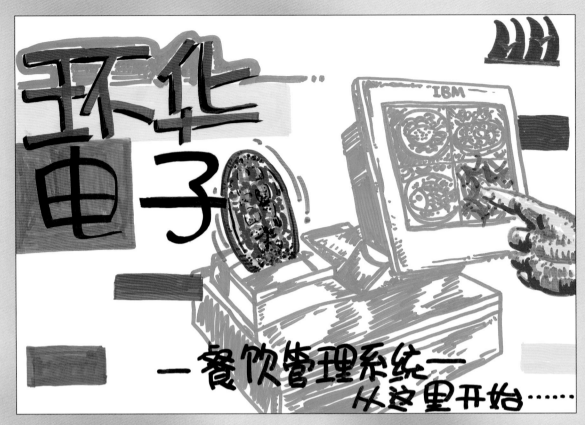

精彩的图片和文字。

活泼可爱的图文真精彩。

字体简单又不失个性。

苹果电脑真的好炫。

一极棒的显示器。

电子产品

生活

POP

把娱乐进行到底

JAVA在线游戏
4倍数码变焦
苹果电脑同步

索立爱K408

醒目的字体，丰富的色彩。

好有"火力"的创意哦!

整个版式与产品形象很和谐。

与众不同的标题,引人注意。

小卡通的运用给整个版面带来生气。

连鱼都被吸引的微波炉。

有个性的版式设计。

动感的小老鼠给画面增色不少。

亮丽的色彩。

不错的构图哦！

海洋的感觉。

传统的版式。

好热闹的场面。

画面充满生活小情趣。

剪贴画面加活泼的文字，效果不错。

另类的设计果然独一无二。

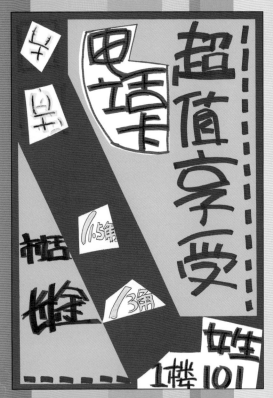

剪拼的效果。

主题突出，标题字体醒目。

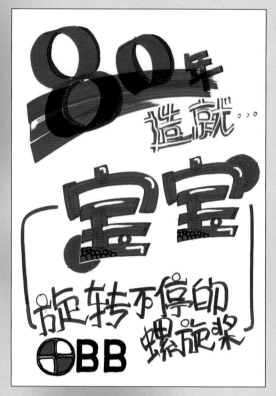

平淡的画面更加衬托标题字。

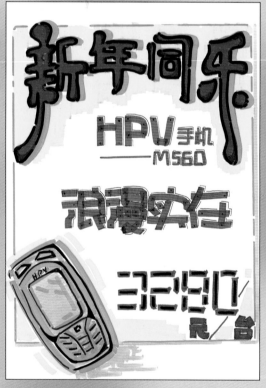

色彩和谐，冲击力强。

简单大方。

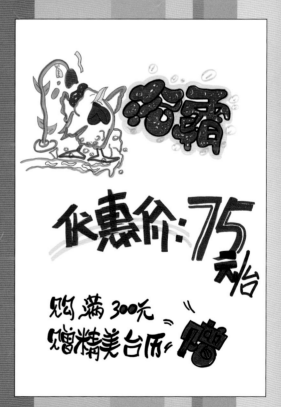

时尚外型，简洁明了。

以夸张而幽默的插图突出主题是 POP 的手段之一。

可爱的图片渲染气氛。

文字的设计让人感到微波炉的热量呢！

根据文案内容确定图案风格，这一点很重要。

以大树作为背景更突出图案的主题。

抢眼的"赠"字，烘托出商业气氛。

水中可爱的小鱼让人联想到洗衣的快乐。

活泼快捷，适应商业气氛。

爆破式的文字和图案，增添了活跃的气氛。

主题字采用鲜明颜色，使图案从背景中突显出来。

抢眼的大字显示。画POP应以醒目抢眼为主。

采用活泼可爱的图案，引人注目。

可爱的蔬菜体现了冰箱的保鲜功能。

画面抢眼生动，极富商业性。

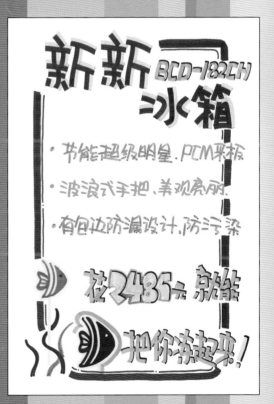

整幅画确实有清凉的感觉。

抢眼的文字，清晰地把主题内容表现出来。

图片和文字让人赏心悦目。

活泼自然，条理明确。

抢眼的大标题真让人想快点行动。

工整的标题使人觉得产品质量肯定不错。

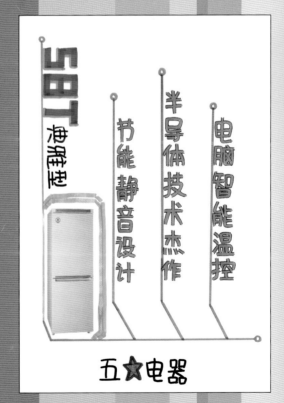

电路式的版面很有高科技感噢!

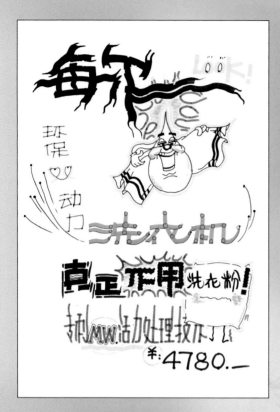

大而醒目的广告语引人注意。

文字书写整齐而变化有致，整体布局也十分舒服。

底纹衬出文字，很大气。

"特卖"好抢眼。

图文结合，简单醒目。

拟人化的冰箱好威风。

这样的线条恰好表现泡沫感。

画面活泼生动，色彩不同凡响。

简简单单的几笔线条，就把产品挺有意思地表现出来。

大大的折扣好吸引人！

POP 表达就这么简单明了。

诱人的标题也是 POP 的一大特色。

文字变化活泼，图文十分和谐。

听音乐的手机画得很有创意。

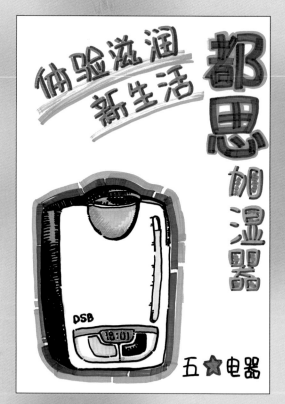

简洁明了，POP就这么简单。

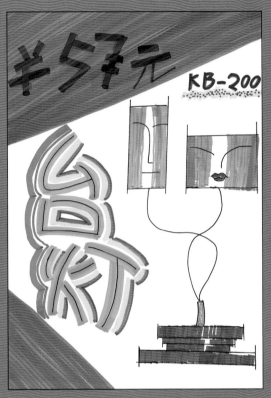

色块、图形、字体排得很不一般。

心形的字，好温暖的感觉。

曲线的感觉与产品相一致。

卡通人物挺有趣，广告的版面排布也不赖。

剪贴的效果不错。

可爱的小丑夸张而醒目。

很时尚靓丽的POP。

醒目又大方。

版式中的线条与产品相和谐，产品画得很精彩。

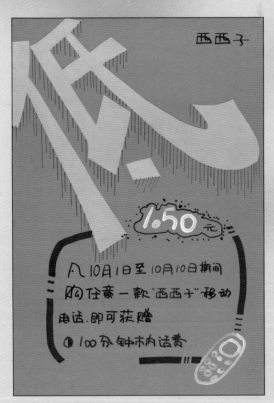

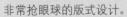
非常抢眼球的版式设计。

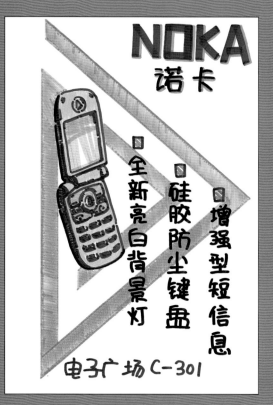

把品牌的标志放大也是不错的做法。

可爱的儿童给人亲切感。

字体上的眼睛很精彩。

不同字体的组合也很活泼。

好炫的灯，好有气氛。

小男孩画得好精彩。

放射性的画面好有气氛。

简单醒目，真不错。

可爱的卡通形象给画面增色不少。

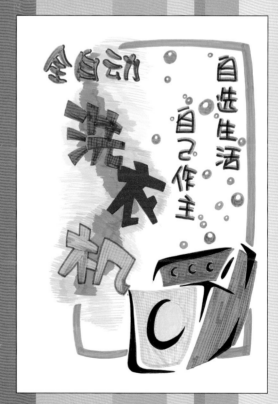

有动感的洗衣机。

可爱的冰箱很吸引眼球。

大色块中表现产品，很有创意。

简单的内容更显编排功底。

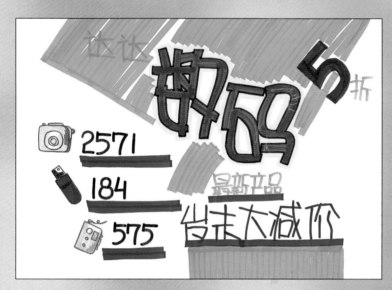

大大的色块使画面不再单调。

看到北极熊，自然觉得清凉。

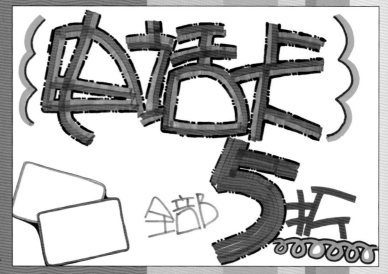

大大的 POP 字也很出彩。

图文结合得浑然一体。

文字变化活泼，图文和谐。

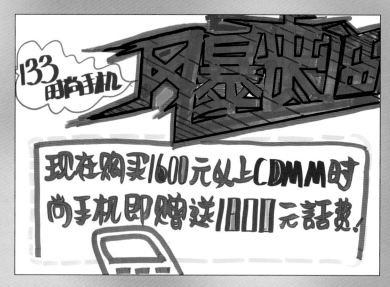

标题字打破了画面的平静。

构图活泼有趣。

不同字体的组合，十分有趣。

拟人化的热水器好可爱。

创意使画面生动活泼。

放射性的价钱很有惊爆效果。

图文结合，整张创意就像一张画儿。

不同字体的文字排得很有特色噢!

这么棒的 POP 可不是一两天能出来的噢!

图书在版编目（CIP）数据

手绘POP．电子／陆红阳，喻湘龙主编．—南宁：广西美术出版社，2005.7
（创意营销）
ISBN 7-80674-543-2

Ⅰ．手... Ⅱ．①陆...②喻... Ⅲ．电子产品－商业广告－宣传画－技法（美术） Ⅳ．J524.3

中国版本图书馆CIP数据核字(2005)第066095号

本册作品提供：

陆 超　张文慧　陈成华　邓海莲　黄元锋　谢晓云　钱 康　周庭英　巩姝姗　罗 慧
叶 翔　陈夏嫦　李今铭　莫 凡　周福纯　张宁莉　张宁莉　周 晗　李 阳　韦 琳
李 华　张 琨　方元辉　陈 晨　李 说　范振春　韦竞翔　罗 莎　罗人宾　陈雪春
亢 琳　吕敏桦　周 毅　何冬兰　初大伟　王雯雯　龙 毅　阮 霞　张 静　黄绍佳
黄 暄　苏羽凌　张 洁　韦宇立　姚 熙　韦 智　甘伶伶　蒋 婷　韦艳芳　郭 妮
何 莎　卢德梅　陈建勋

创意营销·手绘 POP
电子

顾　　问／柒万里　黄文宪　汤晓山　白　瑾
主　　编／喻湘龙　陆红阳
编　　委／陆红阳　喻湘龙　黄江鸣　黄卢健　叶颜妮　黄仁明
　　　　　利　江　方如意　梁新建　周锦秋　袁莜蓉　陈建勋
　　　　　熊燕飞　周　洁　游　力　张　静　邓海莲　陈　晨
　　　　　巩姝姗　亢　琳　李　娟
本册编著／陈　晨　巩姝姗　亢　琳
出 版 人／伍先华
终　　审／黄宗湖
图书策划／姚震西　杨　诚　钟艺兵
责任美编／陈先卓
责任文编／符　蓉
装帧设计／阿　卓
责任校对／陈宇虹　刘燕萍
审　　读／林柳源
出　　版／广西美术出版社
地　　址／南宁市望园路9号
邮　　编／530022
发　　行／全国新华书店
制　　版／广西雅昌彩色印刷有限公司
印　　刷／深圳雅昌彩色印刷有限公司
版　　次／2005年8月第1版
印　　次／2005年8月第1次印刷
开　　本／889mm × 1194mm　1/16
印　　张／6
书　　号／ISBN 7-80674-543-2/J·400
定　　价／30.00元